L'ENFANCE

DE

JEAN-JACQUES ROUSSEAU,

COMÉDIE.

L'ENFANCE

DE

JEAN-JACQUES ROUSSEAU,

COMÉDIE EN UN ACTE,

MÊLÉE DE MUSIQUE.

Représentée, pour la première fois, sur le Théâtre de l'Opéra-Comique national, le 4 prairial, l'an second de la République.

Les paroles sont D'ANDRIEUX : la musique est de D'ALAYRAC.

Prix, 25 sols.

À PARIS,

Chez MARADAN, Libraire, rue du Cimetière-Saint-André-des-Arts, n°. 9.

SECONDE ANNÉE DE LA RÉPUBLIQUE.

PERSONNAGES.	ACTEURS.
	Les Citoyens
ROUSSEAU père, horloger à Genève.....	*Granger.*
JEAN-JACQUES son fils.... *La Citoyenne*	*Carline.*
BERNARD, cousin-germain de Jean-Jacques. .... *La Citoyenne*	*Peicam.*
LA TANTE SUSON, sœur de Rousseau...................................... *La Citoyenne*	*Gonthier.*
VULSON, membre du Conseil de Genève.	*Ménier.*
MASSERON, greffier de la Ville............	*Chesnard.*
BARNABAS, son clerc............................	*Fleuriot.*
SAINT-LAURENT, officier de la garde citoyenne.......	*Paulin.*

Quatre Officiers de la garde citoyenne.

Quatre Magistrats, membres du Conseil.

Hommes, femmes et enfans, amis et voisins de Rousseau.

La Scène est à Genève.

L'ENFANCE

L'ENFANCE
DE JEAN-JACQUES ROUSSEAU.

SCÈNE PREMIÈRE.

Le théâtre représente un attelier d'horloger; on y voit les outils de cette profession, des pendules, des montres, quelques livres jettés au hasard, une épinette, des cahiers de musique, &c. Au lever de la toile, il est à peine jour.

ROUSSEAU père, *travaille*; JEAN-JACQUES *dort dans un grand fauteuil de tapisserie.*

ROUSSEAU père.

Il est six heures du matin.... Il dort encore... O mon fils !... mon cher Jean-Jacques, sois heureux.... Non, tu ne seras point un homme ordinaire.... Ce n'est pas l'amour paternel qui me fait illusion; tous ceux qui te voient conçoivent de toi les mêmes espérances....

SCÈNE II.

ROUSSEAU père; la tante SUSON, JEAN-JACQUES *endormi.*

LA TANTE.

Bonjour, mon frère.

ROUSSEAU *lui montrant l'enfant.*

Chut! ma sœur, ne faites point de bruit; vous voyez....

A

LA TANTE.

Comment? il ne s'est pas couché? Ce n'est gas la première fois. Devriez-vous le lui permettre?... Ah! oui; laissons-le dormir.

DUO.

LA TANTE.	ROUSSEAU.
Toi, dont l'enfance m'est si chère, Goûte un sommeil plein de douceur; Si je n'ai pas le nom de mère, Pour t'adorer, j'en ai le cœur.	Paix, paix, ma chère, Parlez plus bas, plus bas, ma sœur,

LA TANTE.

Ce cher enfant, comme il repose!
Sur ce fauteuil; pauvre petit!

ROUSSEAU.

Notre lecture en est la cause;
Il dort mieux là que dans son lit.

LA TANTE.

Il est charmant! .... Moi, j'en rafolle!
Un doux sourire, un air si drôle!
Regardez donc, les jolis traits!

ROUSSEAU.

Que sa raison passe son âge!
Que de bontés! que de courage!
Il me surprend par ses progrès.

ENSEMBLE.

Puisse le ciel, qu'ici j'implore,
De plus en plus rendre brillans
Les dons qu'en toi je vois éclore,
Tant de vertus et de talens!

LA TANTE.	ROUSSEAU.
Toi, dont l'enfance, &c.	Paix, paix, ma chère, &c.

Oui; mais soyons de bonne-foi:
Vous le gâtez, vous, mon cher frère.

ROUSSEAU.

Eh non; c'est vous, c'est vous, ma chère,
Vous le gâtez bien plus que moi.

ENSEMBLE.

Eh, qu'avons-nous de mieux à faire?
Il est sensible et généreux.

Sans l'affliger de soins fâcheux,
Nous formerons son caractère.
Qu'il nous aime, et qu'il soit heureux.

LA TANTE.	ROUSSEAU.
Toi, dont l'enfance, &c.	Paix, paix, ma chère, &c.

(*Le théâtre s'éclaire par degrés.*)

LA TANTE.

Vous avez donc encore passé la nuit ?

ROUSSEAU.

Eh mon dieu, oui. Nous lisions hier au soir, dans Plutarque, la conspiration contre César. Jean-Jacques n'a jamais voulu quitter le livre. Enfin, il est tombé sur mon bras, endormi de lassitude. Je l'ai porté dans ce fauteuil, sans le réveiller.

LA TANTE.

Cet enfant est bien surprenant !

ROUSSEAU.

Cela est vrai. Avant de penser peut-être, il a déjà tout senti. A six ans il avoit lu une bibliothèque toute entière de romans ; et vous vous rappellez comme il fondoit en larmes en les lisant. A neuf ans, il se mit à écrire des sermons, parce qu'il avoit entendu prêcher son oncle le ministre ; ensuite n'a-t-il pas composé des comédies, que je lui ai fait enfin quitter, pour des lectures plus sérieuses ?

LA TANTE.

Et vous en êtes à Plutarque ? (*considérant Jean-Jacques.*) Son sommeil paroît agité !

ROUSSEAU.

Il est si vif !

JEAN-JACQUES *endormi.*

Romains, serons-nous esclaves ? Ramperons-nous lâchement sous un maître ? Non, jamais.

LA TANTE.

Voilà l'effet de la lecture.

ROUSSEAU.

Il rêve qu'il est Cassius ou Brutus.

JEAN-JACQUES *de même.*

Périsse le dictateur ! Rome demande ce grand sacrifice....

LA TANTE *riant.*

Savez-vous que voilà un conjuré bien redoutable ? Ha !... ha.... ha....

JEAN-JACQUES *s'éveillant.*

J'entends du bruit..... Où suis-je ?

LA TANTE *allant l'embrasser.*

Tu dors, Brutus ?

JEAN-JACQUES.

Ah ! ma tante.... mon père.... c'est vous ? Pardon ; je dormois, je rêvois.... j'étois à la tribune aux harangues ; je parlois au peuple Romain contre la tyrannie. Comme mon cœur m'inspiroit !.... comme je me sentois éloquent !

ROUSSEAU.

Je suis content de toi, mon fils. Tu es né dans une République ; aime ton pays comme Brutus aima le sien. Mais tu seras plus heureux que lui : Rome fut asservie, et notre Patrie ne le sera jamais.

LA TANTE.

Vous avez raison, mon frère. Mais j'ai bien envie, moi, de gronder l'orateur, pour lui apprendre à passer la nuit dans un fauteuil ! risquer de se rendre malade !

JEAN-JACQUES.

Vous allez me gronder, ma tante ? Ce n'est pas comme cela que vous m'éveillez ordinairement. J'aimerois mieux une petite chanson ; là, de ces anciennes romances que vous chantez si bien.

LA TANTE.

Non, mon neveu, non ; je n'ai pas envie de chanter, quand votre santé m'inquiète.

JEAN-JACQUES.

Voulez-vous que je commence? Je vais vous en dire une toute nouvelle, et de ma composition.

ROUSSEAU.

De ta composition?

JEAN-JACQUES.

Paroles et musique : c'est l'Amour qui me l'a inspirée.

ROUSSEAU.

Tu es donc toujours amoureux?

JEAN-JACQUES.

Ah! si je le suis? pour la vie. Vous savez bien ; après ma tante et vous, Sophie est tout ce que j'aime au monde. Ecoutez ma romance et mon air; il est fait avec trois notes.... Il est bien simple....

ROMANCE.

Que le jour me dure,
Passé loin de toi!
Toute la nature
N'est plus rien pour moi.
Le plus verd bocage,
Si tu n'y viens pas,
N'est qu'un lieu sauvage,
Pour moi sans appas.

Hélas! si je passe
Un jour sans te voir,
Je cherche ta trace
Dans mon désespoir.
Quand je l'ai perdue,
Je reste à pleurer;
Mon ame éperdue
Est près d'expirer.

Le cœur me palpite
Si j'entends ta voix;
Tout mon sang s'agite
Dès que je te vois,

Ouvres-tu la bouche ?
Les cieux vont s'ouvrir;
Si ta main me touche,
Je me sens frémir (1).

Eh bien, mon père ?

ROUSSEAU.

Elle est naïve et touchante.

LA TANTE.

Comment donc ? j'en suis *toute* attendrie, *moi*, je vous assure.

JEAN-JACQUES.

Qu'il me tarde de la chanter à Sophie !.... quand donc reviendra-t-elle ?

ROUSSEAU.

Notre ami Vulson doit être arrivé hier au soir.

JEAN-JACQUES.

Le père de Sophie !

ROUSSEAU.

Il revient à Genève pour assister au Conseil.

LA TANTE.

Nous le verrons *sûrement* aujourd'hui.

JEAN-JACQUES.

Oui : il vient souvent raisonner avec mon père, des affaires publiques; il lui demande ses avis.

ROUSSEAU.

Il est vrai qu'il a quelque confiance en moi.

JEAN-JACQUES.

Et mon père me demande les mien.

ROUSSEAU.

Je n'ai garde d'y manquer.

---

(1) Ces trois couplets de romance, et, dans la scène suivante, la portion de dialogue relative à la mère de Rousseau, sont de Rousseau lui-même. Mais à quoi bon en avertir ? tout le reste de la pièce n'en fera peut-être que trop appercevoir.

JEAN-JACQUES.

Nous conseillons le Conseil, nous.

LA TANTE.

Je m'amuse à causer là.... quand j'ai mille choses à faire.... Adieu.

ROUSSEAU.

Ah ! ma sœur, j'oubliois.... Plusieurs de mes camarades doivent venir déjeûner avec moi.

LA TANTE.

Oui, oui, je sais.

JEAN-JACQUES.

Et mon cousin Bernard sera aussi des nôtres. Je l'attends ce matin.

LA TANTE *à Rousseau.*

Le bataillon de garde citoyenne que vous commandez passe en revue aujourd'hui, n'est-ce pas ? et nous avons ensuite une fête publique.... Je sais, je sais. (*Elle va pour sortir.*)

JEAN-JACQUES.

Attendez donc, ma tante. Je n'aurai donc pas de vous une petite chanson ce matin ?

LA TANTE.

Demain, demain ; mais à condition que tu te coucheras.

JEAN-JACQUES.

Je vous le promets ; et vous viendrez m'éveiller avec. (*Il chante.*)

Tircis, je n'ose
Écouter ton chalumeau.....

(*Il ne se souvient plus de la suite ; la Tante veut aider sa mémoire, et ils chantent ensemble.*)

Sous l'ormeau ;
Car on en cause
Déjà dans notre hameau.

LA TANTE.

Tu aimes bien celle-là ?

JEAN-JACQUES.

Je l'aime, quand vous la chantez.

LA TANTE, *en le caressant.*

Mon bon ami, tu me flattes.

JEAN-JACQUES.

Moi ! oh non, ma chère tante. Tenez, j'ai lu dans Montagne que son père, pour lui former une humeur agréable, le faisoit toujours éveiller au son de quelque instrument ; mais la douce voix de ma tante vaut mieux, pour m'égayer, que tous les instrumens du monde.

LA TANTE.

La douce voix de ma tante !.... Ah ! le fripon ! Baise-moi... baise-moi, tu es trop aimable. (*Elle l'embrasse et sort.*)

JEAN-JACQUES *la suit en continuant la chanson.*

Un cœur s'expose
Souvent au danger,
A trop s'engager
Avec un berger ;
Et toujours l'épine est sous la rose.
Tircis, je n'ose, &c.

(*Ici son père l'interrompt.*)

SCÈNE III.

ROUSSEAU, JEAN-JACQUES.

ROUSSEAU.

Ah ça, Jean-Jacques, nous voilà seuls : parlons un peu raison.

JEAN-JACQUES.

Volontiers, mon père.

ROUSSEAU.

Tu deviens un grand garçon.

JEAN-JACQUES.

J'ai bientôt treize ans.

ROUSSEAU.

Eh bien ! que comptes-tu faire ? quels sont tes projets pour l'avenir ?

JEAN-JACQUES.

Je ne sais encore.... Mais je crois en vérité que je suis destiné à être un peu singulier.

ROUSSEAU.

Je le crois aussi ; mais pour n'être pas comme tout le monde, souvent on n'en est que mieux.

JEAN-JACQUES.

Et puis, je voudrois... je n'ose vous le dire, mon père ; vous allez vous moquer de moi.

ROUSSEAU.

Pourquoi donc ? ne crains rien. Parle-moi avec confiance.

JEAN-JACQUES.

Eh bien ! nos lectures, nos entretiens, vos excellentes leçons, tout cela me fait réfléchir.... Il me semble quelquefois que ma tête fermente..... C'est bien autre chose que du temps de mes sermons et de mes comédies.... Il me vient quelquefois des idées.... des idées qui me semblent faites pour être utiles....

ROUSSEAU.

Ah, ah ! te voilà déjà un Philosophe !

JEAN-JACQUES.

C'est au point, vous allez rire, c'est au point que j'ai eu bien des fois des tentations de me faire imprimer.

ROUSSEAU.

Je ne te conseille pas d'entreprendre encore de bien gros volumes ; mais tu pourrois hasarder de petits essais, les montrer à Vulson et à moi.... par exemple dans le genre de ces lettres détachées qui paroissent depuis quelque tems dans le journal.

JEAN-JACQUES.

Les lettres signées, *Caton le Censeur* ?

ROUSSEAU.

Justement.

JEAN-JACQUES.

Vous les trouvez donc bien, mon père, ces lettres là?

ROUSSEAU.

Fort bien.

JEAN-JACQUES *à part*.

Et ce Bernard qui n'arrive pas! ah, comme il m'impatiente!

ROUSSEAU.

Je ne suis pas le seul qui les approuve. Elles font même sensation dans Genève.

JEAN-JACQUES.

Elles font sensation, mon père! oh! que j'en suis bien aise.....

ROUSSEAU.

Pourquoi donc?

JEAN-JACQUES.

C'est que.... je trouve souvent que l'auteur pense tout comme moi.

ROUSSEAU.

Tant mieux. Ce que j'en aime, c'est qu'on voit qu'il ne cède point à une vaine démangeaison d'être auteur, mais qu'il écrit seulement pour se rendre utile, et pour dire des vérités.

JEAN-JACQUES.

Oh! oui, mon père, vous le connoissez bien.

ROUSSEAU.

Aussi est-ce un exemple que je te propose à imiter.

JEAN-JACQUES.

J'espère y réussir. Eh! qui peut être mieux inspiré que moi? qui peut recevoir de meilleures leçons? Si jamais je voulois écrire sur l'éducation, je n'aurois qu'à me souvenir de la mienne.

ROUSSEAU.

Puissé-je faire de toi un bon Citoyen!

JEAN-JACQUES.

Quand je voudrai peindre l'ardent amour de la Patrie, toutes les vertus, je ne sortirai pas de la maison pour trouver des modèles.

ROUSSEAU.

Cher enfant, ah! cette maison devroit t'en offrir un meilleur que tu me rappelles sans cesse; tu m'entends, Jean-Jacques; parlons de ta mère!

JEAN-JACQUES.

Eh bien, mon père! nous allons donc pleurer?

ROUSSEAU.

Ma chère Suzanne! hélas! ta naissance lui coûta la vie; je crois la revoir en toi, sans pouvoir oublier que tu me l'as ôtée!

JEAN-JACQUES.

Ainsi ma naissance même a été pour vous un malheur!

ROUSSEAU.

Rends-la-moi, console-moi d'elle; remplis le vuide qu'elle a laissé dans mon ame: t'aimerois-je autant, si tu n'étois que mon fils?

JEAN-JACQUES.

O mon père, quel souvenir! Et comment puis-je vous consoler?

DUO.

Je l'ai donc perdue en naissant,
Votre épouse, ma tendre mère;
Mais songeons, en nous embrassant,
Qu'il me reste encore un bon père,
Qu'il vous reste encore un enfant.

ROUSSEAU.

Ah! je la vois: je crois, en cet instant,
Entendre encor cette voix douce et chère.

JEAN-JACQUES.

Que par mes soins, par mon amour constant,
Votre douleur vous semble moins amère.

ENSEMBLE.

Oui, songeons, en nous embrassant,
Qu'il { me / te } reste encor un bon père,
Qu'il { vous / me } reste encor un enfant.

ROUSSEAU.

Mon ami, je t'afflige, je me le reproche.

JEAN-JACQUES.

Vous reprocher de m'ouvrir votre cœur ! et avec qui donc pleureriez-vous ?

SCÈNE IV.

Les mêmes, BERNARD.

ROUSSEAU.

Ah ! voici ton cousin Bernard. Bonjour, mon ami.

BERNARD.

Bonjour, mon oncle. Mon père et ma mère vous font bien des amitiés. Bonjour, Jean-Jacques.

JEAN-JACQUES.

Ah ! te voilà donc à la fin ? (*Il l'emmène dans un coin.*) Dis-moi donc : ma nouvelle lettre sera-t-elle dans le journal d'aujourd'hui ? l'as-tu portée ?

ROUSSEAU.

Vous avez des secrets à vous dire : tu lui parles bas !

JEAN-JACQUES.

C'est que......

ROUSSEAU.

Allons, allons, je suis discret, je vous laisse. Cest tout simple : chacun ses affaires.

SCÈNE V.

BERNARD, JEAN-JACQUES.

JEAN-JACQUES.

Eh bien, Bernard?

BERNARD *faisant un grand soupir.*

Ah! mon pauvre Jean-Jacques!

JEAN-JACQUES.

Qu'est-ce que c'est donc?

BERNARD, *avec embarras.*

Tu sais bien, ta dernière lettre?

JEAN-JACQUES.

Oui, celle *sur le pouvoir des femmes*, dont j'étois si content?.... que je t'ai donnée il y a quatre jours?....

BERNARD, *de même.*

Mon ami, d'abord je l'ai recopiée toute entière.

JEAN-JACQUES.

Fort bien.

BERNARD.

Je suis sorti hier de bonne heure, pour aller la glisser sous la porte de l'imprimerie du journal.

JEAN-JACQUES.

Comme tu avois fait toutes les autres.

BERNARD.

Je me suis levé tout exprès de bien grand matin.

JEAN-JACQUES.

Je t'en remercie.

BERNARD.

Il n'y a pas de quoi, mon ami; car en y allant, figure-toi que j'ai perdu ta lettre.

JEAN-JACQUES.

Ah dieu! ma lettre est perdue!

BERNARD.

Hélas! oui.... il faut qu'elle soit tombée de ma poche : je n'ai jamais pu la retrouver.

JEAN-JACQUES.

Ah, mon Dieu! c'est affreux; ma meilleure lettre.... tu me l'as perdue.... aujourd'hui qu'il y aura du monde à déjeûner! Le journal qu'on auroit lu pendant ce tems-là! ah, mon Dieu!.... mon Dieu! il faut que tu sois bien mal-adroit, toujours!...

BERNARD.

Est-ce que c'est ma faute, donc?

JEAN-JACQUES.

Sûrement, c'est votre faute : allez, vous vous en souviendrez, Monsieur, et moi aussi. Vous n'êtes plus mon ami, nous sommes brouillés; c'est fini; tout-à-fait brouillés.

BERNARD.

Ah! Jean-Jacques, pouvez-vous me parler ainsi? cela vous est égal de me faire de la peine!

JEAN-JACQUES.

Ah! malheureux, qu'ai-je fait? j'ai blessé le cœur de mon ami!

BERNARD.

Oui, surement; c'est bien mal à vous!....

JEAN-JACQUES.

Que je suis fâché, mon cher Bernard! Viens; embrasse-moi. Ce n'est pas ta faute, n'est-ce pas? Non. Eh bien! tout est dit; je te pardonne. Ne pleure donc pas; je te dis que je te pardonnne.

BERNARD.

En ce cas-là, je te pardonne aussi.

JEAN-JACQUES.

Je m'en soucie bien, de cette malheureuse lettre!..... Elle a été cause que je t'ai affligé.... Je voudrois ne l'avoir jamais écrite.

BERNARD.

Ah! Jean-Jacques, je te reconnois; tu es un bon garçon, va.

JEAN-JACQUES.

Ah ça, tu n'es plus fâché?

BERNARD.

Embrassons-nous encore une fois.

JEAN-JACQUES.

De tout mon cœur.

BERNARD.

Ce qui m'a troublé tantôt, c'est que j'ai cru voir le filleul de Masseron, du greffier de la ville, chez qui je vais travailler....

JEAN-JACQUES.

Cet imbécille de Barnabas?

BERNARD.

Oui; il m'a semblé qu'il me suivoit, qu'il m'épioit.....

JEAN-JACQUES.

Bon! Est-ce qu'on soupçonneroit?.... Chut, mon ami; voici Masseron lui-même. Que vient-il faire ici?

SCÈNE VI.

MASSERON, BARNABAS, JEAN-JACQUES.

MASSERON *à Jean-Jacques.*

Ah! vous voilà, petit mauvais sujet? Je suis bien aise de vous rencontrer.

JEAN-JACQUES.

Je ne pourrois pas vous en dire autant.

MASSERON.

Vous souvenez-vous de votre équipée d'avant-hier?

JEAN-JACQUES.

Quelle équipée?

MASSERON.

N'avez-vous pas battu mon filleul ?

JEAN-JACQUES.

Pourquoi votre filleul s'avise-t-il de maltraiter deux pauvres petits orphelins de huit ans ? ce sont les enfans d'un brave homme, qui a été compagnon chez mon père ; ce sont mes amis ; et quand ils ne le seroient pas, une injustice me révolte, et je prends toujours le parti de l'opprimé. Voilà comme je suis, moi.

MASSERON.

Oui ! Et voilà comme vous êtes reconnoissant envers moi!... Petit ingrat !

JEAN-JACQUES.

Reconnoissant envers vous ? et de quoi donc ?

MASSERON.

Votre oncle Bernard ne vous avoit-il pas placé chez moi, avec son fils, pour vous former ? N'êtes-vous pas venu pendant quinze jours travailler dans mon étude ?

JEAN-JACQUES.

Oui : ils m'ont semblé bien longs, et ne m'ont pas servi de grand-chose.

MASSERON.

Je le crois bien : quand on n'a pas plus d'intelligence que vous, pas plus de disposition. On m'avoit dit que vous saviez, que vous saviez.... Qu'est-ce que vous savez ?

JEAN-JACQUES.

Pas encore beaucoup de choses : mais cela viendra, peut-être.

MASSERON.

Non, cela ne viendra pas. J'ai tiré bien des horoscopes dans ma vie, et je ne m'y suis jamais trompé. Je jurerois que vous ne ferez jamais rien, mon ami. Je l'ai dit à votre père. Il faut vous donner un métier....

JEAN-JACQUES.

Un métier ? Sûrement : j'y compte bien.

MASSERON.

MASSERON.

Qui n'exige qu'un travail de main ; faire de vous un ouvrier, un horloger.

JEAN-JACQUES.

Très-volontiers. Je fournirai à mes concitoyens de quoi connoître les heures. Cela vaut mieux que de leur en faire passer de mauvaises. Qu'en dites-vous ?

MASSERON.

Vous n'aurez pas d'esprit ; à la bonne heure : mais je prierai vos parens de veiller un peu mieux à vous former le caractère ; et quant à vos petits protégés, qui ne valent pas mieux que vous, j'irai parler à leur mère, de façon qu'ils seront corrigés d'*importance* ; je vous en donne bien ma parole.

JEAN-JACQUES.

Si vous osez commettre cette atrocité !

BERNARD.

Ah ! vous n'en ferez rien : vous avez trop bon cœur pour cela. Si vous saviez comme les pauvres petits sont à plaindre ! Leur mère manque d'ouvrage. Ils sont dans un grenier, sans feu et sans pain.... Je les ai vus ce matin. La mère et les enfans pleuroient. Cela vous auroit arraché l'ame !

MASSERON.

Certainement ; comme je suis très-sensible......

JEAN-JACQUES.

Allons les voir.... mes pauvres petits amis.... allons les secourir..... Heureusement j'ai reçu hier ma semaine.... Voilà cinq florins.

BERNARD.

Moi, je n'ai rien du tout ; mais tu vas me prêter ?

JEAN-JACQUES.

Est-ce qu'il me reste quelque chose, donc ?

BERNARD *bas à Jean-Jacques.*

Demandons à Masseron, lui qui est si riche.

JEAN-JACQUES.

Je te réponds qu'il ne donnera rien.

BERNARD.

Que sait-on ? essayons toujours.

JEAN-JACQUES.

Je le veux bien. Aide-moi.

TRIO.

(*Jean-Jacques prend le chapeau sur la tête de Bernard, jette dedans l'argent qu'il veut donner, et vient quêter Masseron en lui tendant le chapeau.*

BERNARD *et* JEAN-JACQUES.

Bon citoyen, n'auriez-vous rien
Pour des enfans dans l'indigence ?
Nous implorons votre assistance ;
Ah ! faites-leur un peu de bien.

MASSERON.

Certes, je suis bon citoyen,
J'aime à secourir l'indigence ;
Qu'ils comptent sur mon assistance ;
Je leur ferai beaucoup de bien.

JEAN-JAQUES *et* BERNARD.

On vous connoît un cœur sensible.

MASSERON.

On me connoît un cœur sensible.

JEAN-JACQUES *et* BERNARD.

Les malheureux éprouvent vos bienfaits.

MASSERON.

On ne sait pas tout le bien que je fais.

JEAN-JACQUES *et* BERNARD.

Et vous leur donnez l'impossible.

MASSERON.

Je donne quand il m'est possible.

JEAN-JACQUES *et* BERNARD *à part.*

S'il donne, il va bien nous tromper !
Voudroit-il être humain une fois en sa vie !

MASSERON *à part.*

O ciel ! comment leur échapper ?
Perdre ainsi mon argent ? je n'en ai nulle envie.

BERNARD *et* JEAN-JACQUES.

Bon citoyen, &c.

MASSERON.

Certes, je suis, &c.

MASSERON.

Oui, je le sais, la bienfaisance
Porte avec soi sa récompense.
Cette vertu me sert de loi.
Des pauvres je suis la ressource.
Mes bons amis comptez sur moi ;
Mais j'ai chez moi laissé ma bourse.

BERNARD *et* JEAN-JACQUES.

Cœur généreux ! bon citoyen !
(*haut.*)
Il ne ment pas ; c'est qu'il n'a rien.
(*à part.*)
Le vieux coquin fait l'hypocrite !
(*haut.*)
Chez nos amis allons bien vîte.
(*avec ironie.*)
Bon citoyen, qui n'avez rien,
A ces enfans dans l'indigence,
Nous promettrons votre assistance,
Et cela leur fera grand bien.
Adieu, adieu, bon citoyen.

MASSERON *à part.*

Pour m'échapper, le bon moyen !
Comment donner, quand on n'a rien ?
(*à part.*)
Petits coquins ! leur ton m'irrite.
(*haut.*)
Chez vos amis allez bien vîte.
Certes, je suis bon citoyen.
A ces enfans dans l'indigence,
Promettez bien mon assistance ;
Je leur ferai beaucoup de bien.
Mais que donner quand on n'a rien !

SCÈNE VII.

MASSERON *seul.*

ILS se moquent de moi, ces petits coquins-là !..... mais ce n'est pas eux que je veux punir.... Pour le coup, mon voisin l'horloger, je crois que je vous tiens !.... Ah ! vous vous mêlez d'écrire ! Quand on sait quelque chose, on ajoute quelque chose. J'ai déjà répandu que vous êtes l'auteur de ces fameuses lettres !.... Peut-être, en venant ici, pourrai-je acquérir quelque nouvel indice !.... Et si de son côté mon Barnabas est venu à bout de ce que je lui avois recommandé ?....

SCÈNE VIII.

MASSERON, BARNABAS.

BARNABAS.

MON parrein !.... mon parrein !....

MASSERON.

Tu viens me chercher jusqu'ici ?

BARNABAS.

C'est que cela presse.

MASSERON.

As-tu les manuscrits des lettres en question ? Sont-ils tous de l'écriture de Bernard ?

BARNABAS.

Tous, comme la lettre que j'ai trouvée hier matin.

MASSERON.

Il n'y a donc plus de doute ; Rousseau le père est l'auteur de ces lettres ; c'est lui qui emprunte la main de son neveu, pour mieux écarter les soupçons.

BARNABAS.

Vous ne savez pas ? L'Imprimeur du Journal m'a fait bien des difficultés : je lui ai demandé ces papiers-là de votre part : il a voulu savoir ce que vous en comptiez faire.

MASSERON.

Eh bien ! qu'as-tu répondu ?

BARNABAS.

Oh ! je lui ai dit, moi, que vous n'en feriez pas un mauvais usage ; que c'étoit seulement pour faire dénoncer votre voisin au Conseil, et tâcher de le perdre, si vous pouviez ; mais que vous ne lui en vouliez pas du tout, malgré ça.

MASSERON.

Non, sûrement ; je n'ai point de haine personnelle, point de passion particulière ; je n'agis que par amour du bien public.

BARNABAS.

Cependant, mon parrein, vous avez été bien fâché, quand, par le moyen de son ami Vulson, qui est du Conseil, le voisin vous a fait retrancher ces nouveaux droits que vous commenciez à percevoir, quoiqu'ils ne fussent pas sur le tarif!.... Oh! cela vous a fait bien de la peine!....

MASSERON.

A moi? point du tout. Est-ce que j'aime l'argent?

BARNABAS.

Oh non! seulement vous voudriez en avoir beaucoup. Et puis quand vous avez eu tant d'envie d'être fait commandant du bataillon, que vous comptiez déjà l'être, et que c'est lui qui a été nommé, ah! je dis, c'est ça qui vous a contrarié.

MASSERON.

Bon! cela m'a été fort égal. Je n'ai point de vanité.

BARNABAS.

Mais vous avez de l'inclination pour le beau sexe; et quand vous avez courtisé la sœur du voisin, et que vous lui avez fait faire des propositions de mariage, qui ont été rejettées, là, du premier mot, ah! par exemple, vous ne direz pas que ce refus-là n'étoit pas mortifiant pour vous. Moi, je vous ai plaint de tout mon cœur.

MASSERON.

Et de quoi donc? Tant pis pour eux. Ils y ont perdu plus que moi.

BARNABAS.

Oh ça, c'est bien sûr! Et puis encore quand....

MASSERON.

Te tairas-tu, imbécille?.... As-tu ces lettres?....

BARNABAS.

Oui, mon parrein.

MASSERON.

Eh bien, donnes-les donc.

BARNABAS.

Les voilà.

MASSERON.

Et celle que tu as trouvée hier matin, l'as-tu remise à l'Imprimeur? Sera-t-elle dans le Journal d'aujourd'hui?

BARNABAS.

On me l'a bien promis.

MASSERON.

Tant mieux! Plus il y en aura de publiées, plus cela fera de charges contre l'Auteur.

BARNABAS.

C'est ce que j'ai dit.... en moi-même, parce que.... c'est tout simple.

MASSERON *parcourant les lettres.*

Les belles idées! (*Il lit les titres.*) *Sur la méthode de rendre la justice par arbitres....* Fort bien, pour anéantir les tribunaux!....

BARNABAS.

Et ruiner les greffiers, mon parrein!

MASSERON, *de même.*

En faveur de l'adoption. Comme si l'on n'avoit pas toujours trop d'enfans!....

BARNABAS.

A moins que ce ne soient de bons sujets et de jolis garçons comme moi.

MASSERON, *de même.*

Sur les avantages du gouvernement républicain. C'est celle-là qui contenoit des choses hardies!....

BARNABAS.

Ah! je l'ai lue, per exemple, celle-là; et je peux bien dire que je n'en ai pas compris un mot.

MASSERON.

Barnabas, mon fils, c'est un coup de partie, que d'avoir

ces lettres-là !.... Mon cousin le syndic me les avoit demandées.... Le Conseil s'assemble aujourd'hui.... voilà qui va à merveille !....

BARNABAS.

L'affaire est dans le sac.

MASSERON.

Allons, ne reste pas plus long-tems ici. Je ne me soucie pas qu'on t'y voie ; retourne à la maison.

BARNABAS.

Oui, mon parrein. Vous n'avez plus besoin de moi ?

MASSERON.

Non. Ne va pas non plus, en t'en allant, perdre ton tems à jouer dans les bateaux sur le lac, comme tu fais toujours. Que je te trouve à l'étude en rentrant, sinon....

BARNABAS.

Cela suffit, mon parrein. (*à part, en s'en allant.*) Ah bien oui ! à l'étude un jour de revue !.... Pas si bête !....

SCÈNE IX.

MASSERON *seul.*

MON Barnabas est un bon garçon !.... Voilà un jeune homme fait pour s'avancer !.... Ce n'est pas un aigle.... mais je sais le parti qu'on en peut tirer, et là-dessus j'ai mes principes !....

COUPLETS.

Mon filleul a peu de finesse ;
Mais que m'importe ? il me sert bien.
Je le dirige avec adresse,
Et je ne risque jamais rien.
Dans mes mains, instrument docile,
Aveuglément il m'obéit.
Voilà comme un sot est utile,
Quand on l'emploie avec esprit.

Quand chez moi, du tems de ma femme,
J'avois un clerc littérateur,
Un beau matin, la bonne dame,
Avec mon clerc, se crut auteur.
Ah ! des écarts de sa Minerve,
Combien mon pauvre cœur souffrit!
Mes amis, que Dieu vous préserve
De femme qui fait de l'esprit !

Vous allez, courtisant les belles,
Conteurs plaisans, gens à bons mots;
Et vous employez auprès d'elles
Petits vers et jolis propos.
Mais malgré vos droits pour leur plaire,
Tout bas quelques femmes m'ont dit,
Qu'en amour, les sots, d'ordinaire,
Valoient au moins les gens d'esprit.

SCÈNE X.

MASSERON, ROUSSEAU père.

ROUSSEAU.

C'EST vous, mon voisin? Vous n'avez pas vu Jean-Jacques ? je le croyois ici.

MASSERON.

Il est allé courir avec son cousin Bernard. Dieu merci, vous lui laissez faire toutes ses volontés: il s'est battu encore avant-hier contre mon filleul.

ROUSSEAU.

Contre votre filleul qui a dix ans plus que lui ?

MASSERON.

Je venois vous en faire mes plaintes.

ROUSSEAU.

Cela me prouve au moins qu'il n'est pas poltron, et

pourvu qu'il ne cherche querelle à personne, je ne suis pas fâché qu'il se batte quelquefois.

MASSERON.

Quelle éducation !... je gage qu'il est encore allé faire des siennes.

ROUSSEAU.

Vous avez bien de la prévention contre lui ; attendons qu'il soit de retour, et vous verrez.

MASSERON.

Je verrai.... je vois que votre fils tourne au plus mal. C'est tous les jours quelque nouveau trait....

SCÈNE XI.

ROUSSEAU, MASSERON, LA TANTE.

LA TANTE.

Ah ! mon Dieu !.... quel événement !.... j'en suis toute tremblante... Savez-vous ce que Jean-Jacques vient de faire ?

MASSERON.

Quelque sottise.

LA TANTE.

Il s'est jetté dans l'eau ; il a manqué de périr, pour retirer un grand imbécille qui se noyoit sans lui !...

MASSERON.

Qui donc ?

LA TANTE.

Qui ? votre Barnabas, votre aimable filleul.

MASSERON.

Mon Barnabas !

LA TANTE.

Oui, avec qui il s'est battu avant-hier ; et aujourd'hui il lui sauve la vie, en exposant la sienne.

ROUSSEAU.

Mais enfin, est-il hors de danger ?

LA TANTE.

Je n'en sais rien : quelqu'un qui l'a vu se jetter, est venu bien vîte nous avertir.... il faudroit aller....

ROUSSEAU.

Rassurez-vous, ma sœur.

LA TANTE.

Ce pauvre enfant !... s'il lui étoit arrivé !... je n'ai pas une goutte de sang dans les veines. (*L'appercevant.*) Ah ! le voilà. (*Elle court l'embrasser.*)

SCÈNE XII.

Les mêmes, JEAN-JACQUES *en chemise*, *mouillé de la tête aux pieds*, BERNARD *portant l'habit de son cousin sur son bras*, *et tous deux riant de tout leur cœur.*

BERNARD *et* JEAN-JACQUES *riant.*

HA, ha, ha !

ROUSSEAU.

Mon fils, à quel péril tu t'es exposé !

JEAN-JACQUES.

Il le falloit bien : sans cela, ce pauvre Barnabas étoit noyé. Bernard m'a aidé.

BERNARD.

Du mieux que j'ai pu.

MASSERON.

Mon filleul étoit tombé dans le lac !

BERNARD.

Oui, de dessus les bateaux....

MASSERON.

L'imbécille ! je lui avois bien défendu d'y aller.

BERNARD.

Et dans un endroit très-profond, très-dangereux....

MASSERON.

Et encore, il avoit son bel habit canelle !

BERNARD.

Où il a péri deux hommes il y a huit jours.....

MASSERON.

Un habit tout neuf que je n'avois porté que trois ans !

JEAN-JACQUES.

Grace à dieu, nous l'avons sauvé.

MASSERON.

C'est un habit perdu ! Je vais pourtant voir s'il n'y auroit pas de remède..... Ah ! c'est une affaire finie..... c'est un habit perdu. (*Il sort.*)

SCÈNE XIII.

ROUSSEAU, LA TANTE, JEAN-JACQUES, BERNARD.

LA TANTE, *à Jean-Jacques.*

VIENS donc te changer bien vîte ; ne te refroidis pas davantage.

JEAN-JACQUES *à Bernard.*

Ah, mon Dieu ! l'accident de Barnabas nous a empêché d'aller.... tu as les cinq florins ?

BERNARD.

Oui.

JEAN-JACQUES.

Va donc les porter à ces pauvres enfans.

BERNARD.

J'y cours tout de suite.

JEAN-JACQUES.

Et tu reviendras déjeûner avec nous ?

BERNARD.

Je n'y manquerai pas. (*Il sort.*)

LA TANTE, *à Jean-Jacques.*

Eh bien ! viendras-tu ? je vais t'allumer du feu.

ROUSSEAU.

Vas avec ta tante, dépêche-toi.

JEAN-JACQUES.

Allons, allons... je vais revenir, mon père ; il est sûr que, comme cela, je commence à n'avoir pas trop chaud.

LA TANTE.

Viens donc.... Il y a de quoi gagner un rhume affreux.

JEAN-JACQUES.

Non, non, ma tante. Un service qu'on a rendu ne fait jamais de mal.

SCÈNE XIV.

ROUSSEAU *seul.*

ROUSSEAU.

Mes camarades ne tarderont sans doute guère à venir...: Après le déjeûné nous partirons d'ici tous ensemble pour la revue.... Mais voici notre ami Vulson.

SCÈNE XV.

ROUSSEAU, VULSON.

VULSON.

Eh, bonjour !... que je suis aise de vous revoir !... Si je ne suis pas venu plutôt vous embrasser, c'est que je vous servois ailleurs. Je m'occupois de vous, mon ami.

ROUSSEAU.

De moi ?

VULSON.

De vous-même. Cela est fort important.

ROUSSEAU.

Qu'y a-t-il donc ?

VULSON.

D'abord, mon ami, n'ai-je pas à me plaindre de votre discrétion avec moi ? ne m'avez-vous pas caché quelque chose ?

ROUSSEAU.

Je ne vous entends point.

VULSON.

Je vais m'expliquer mieux. Les lettres de *Caton le Censeur* vont être dénoncées au Conseil aujourd'hui.

ROUSSEAU.

Et sous quel prétexte ? toutes ces lettres sont écrites dans les meilleurs principes.

VULSON.

Vous les défendez ? Je pense comme vous. Cependant je vous avouerai que je ne suis pas du tout tranquille pour l'auteur. On lui reproche des paradoxes, du goût pour les innovations.

ROUSSEAU.

L'excellent reproche ! celui de tous les gens à vieux préjugés. Quand il y a des abus, il faut bien innover, pour les détruire.

VULSON.

Oui ; mais il y a des frippons intéressés à les maintenir ; il y a des sots que les frippons entraînent, qu'ils égarent !... cette affaire peut avoir des suites très-graves : je les crains beaucoup.

ROUSSEAU.

Cela seroit affreux.

VULSON.

Il y a, entre autres, la lettre *sur les avantages du gouverne-*

ment républicain, qu'on a remarquée; certaines gens disent qu'elle déplaira peut-être aux Puissances étrangères, aux rois nos voisins !....

ROUSSEAU.

Eh bien ! parmi nos concitoyens, quels sont les lâches qui craignent de déplaire à des tyrans ? Serions-nous vraiment des hommes libres, si nous n'osions nous glorifier de l'être ?

VULSON.

Vous avez raison. Je viens de voir l'Imprimeur du Journal; et il m'a assuré que tous les manuscrits de ces lettres étoient de l'écriture de votre neveu, du jeune Bernard.

ROUSSEAU.

De mon neveu ?

VULSON.

A présent, vous voyez pourquoi mes soupçons se sont portés sur vous : je vous en ai cru l'auteur.

ROUSSEAU.

Non, ce n'est pas moi.

VULSON.

Vous me l'assurez ?

ROUSSEAU.

Si je publiois mes idées, quelles qu'elles fussent, j'aurois le courage de signer pour en répondre.

VULSON.

Je me suis donc trompé. Mais en ce cas, seroit-ce ?.... Eh mais !.... écoutez donc.... il me vient une idée.... si c'étoit votre fils ?....

ROUSSEAU.

Mon fils ! Vous le croiriez capable ?....

VULSON.

Mon ami, il y a long-tems que je l'ai jugé. Cet enfant fera parler de lui. Il est fait pour aller très-loin !

ROUSSEAU.

Vous m'enchantez; je suis son père, je crois volontiers

le bien qu'on m'en dit. Mais à son âge, des lettres comme celles-là !...

VULSON.

Je veux m'en éclaircir ; je l'entends qui vient.... Puisqu'il vous en a fait un *mystère*, votre présence le gêneroit peut-être : retirez-vous, et laissez-moi faire.

(*Jean-Jacques entre, Rousseau se retire lentement, les yeux attachés sur son fils.*)

SCÈNE XVI.

VULSON, JEAN-JACQUES.

VULSON.

Eh, bonjour, mon cher Jean-Jacques ! Viens donc m'embrasser.

JEAN-JACQUES.

Ah ! c'est vous ? Où est-elle ? où est Sophie ?

VULSON.

Elle est restée à Lausanne, encore pour quelques jours.

JEAN-JACQUES.

Ah dieu ! pour quelques jours ! J'en mourrai.

VULSON.

Ce seroit dommage. Mais dis-moi donc un peu des nouvelles de Genève ?

JEAN-JACQUES.

Parlons plutôt de Sophie !....

VULSON.

A-t-il paru quelques lettres de Caton le Censeur, pendant mon absence ?

JEAN-JACQUES.

Non. Pense-t-elle à moi ? m'aime-t-elle encore ?

VULSON.

Oui. Ces lettres font toujours du bruit dans la ville ?

JEAN-JACQUES.

Mais assez.

VULSON.

Celui qui les écrit a des idées, du talent....

JEAN-JACQUES.

Croyez-vous? (*à part.*) Où veut-il en venir?

VULSON.

Je suis surpris qu'il s'obstine à garder l'anonyme.

JEAN-JACQUES.

Il a peut-être ses raisons.

DUO.

VULSON.

Ah! que ne puis-je le connoître!

JEAN-JACQUES *à part.*

Tenons-nous bien; soyons prudent.

VULSON.

Je lui ferois mon compliment.

JEAN-JACQUES.

Cet auteur-là, quel qu'il puisse être,

VULSON *à part.*

Il parlera; c'est un enfant.

JEAN-JACQUES.

Seroit flatté, bien sûrement.

VULSON.

On a grand plaisir à lire
Les lettres du sage Caton.

JEAN-JACQUES.

On est bien bon.

VULSON.

Dans ses écrits toujours respire
Une aimable et douce raison.

JEAN-JACQUES.

Ah! c'est selon.

VULSON.

Par-tout on en parle de même.

JEAN-JACQUES.

Par-tout l'indulgence est extrême.

VULSON.

VULSON.

On ne dit pas quel est son nom ?

JEAN-JACQUES.

On ne dit pas quel est son nom.

VULSON.

Quoi ! tout de bon ?

JEAN-JACQUES.

Oh ! tout de bon.

ENSEMBLE.

VULSON.

L'éloge ici ne peut rien faire ;
Il est modeste, il sait se taire :
Essayons un autre moyen.

JEAN-JACQUES *à part.*

Contraignons-nous, sachons nous taire.
Contraignons-nous ; il a beau faire,
Non, non, non, il ne saura rien.

VULSON.

Il est pourtant plus d'un critique
Qui n'en est pas très-satisfait.

JEAN-JACQUES.

Que dites-vous ?

VULSON.

Oui, je m'explique.
Le style à bien des gens déplaît.

JEAN-JACQUES.

D'habiles gens !

VULSON.

Plus d'une phrase
Qu'on m'a citée, a des défauts.

JEAN-JACQUES.

Et quels défauts ?

VULSON.

Un peu d'emphase,
Souvent un tour obscur et faux.

JEAN-JACQUES.

Citez-les donc ; quels sont ces mots,
Qui, selon vous, doivent déplaire ?
Citez, voyons ; de ses travaux,
Pour un auteur, le beau salaire !

VULSON.

(*En parlant.*)

Ne te fâche pas, mon ami, ne te fâche pas.
S'il faut juger par ta colère,

JEAN-JACQUES.

Je n'en ai point, je vous le dis.

VULSON.

L'auteur est fort de tes amis.

VULSON *à part.*	JEAN-JACQUES *à part.*
Voilà l'auteur, la chose est claire. Pour m'échapper, il a beau faire : Voilà l'auteur, je le vois bien.	Je suis content, j'ai su me taire. Mon ami, vous avez beau faire, Non, non, non, vous ne saurez rien.

VULSON.

Allons, je ne t'en demande pas davantage. Adieu, mon ami. (*Il va pour sortir, et revient.*) J'aurois été charmé de nommer l'auteur à Sophie : cela lui auroit fait grand plaisir !...

JEAN-JACQUES *vivement.*

Vous croyez ?

VULSON.

C'est qu'elle en parle continuellement, de ces lettres. C'est qu'elle en est folle.... Je suis sûre qu'elle aimeroit beaucoup celui qui les écrit ?

JEAN-JACQUES *plus vivement.*

Et elle ne sait pas ?.... (*se reprenant.*) Qu'allois-je faire ?

VULSON *à part.*

J'en étois sûr. Tâchons d'aller prévenir le danger. (*haut.*) Adieu, Jean-Jacques. Je suis comme ma fille, moi ; j'aime beaucoup cet auteur-là, je l'aime beaucoup.

SCÈNE XVII.

JEAN-JACQUES *seul.*

Me serois-je trahi ? Oh ! non. Faisons toujours ensorte de n'être pas soupçonné.... On trouveroit mauvais peut-être qu'un enfant osât dire son avis sur des matières sérieuses, ou l'on ne daigneroit pas y faire attention. Quand la prévention s'en mêle !.... Ah ! finissons de noter ce motif qui m'est venu. Cela fera une marche superbe pour notre régiment !.... (*Il va écrire à une table.*) N'ai-je pas raison d'être fou de musique ? Les anciens, les Grecs que j'aime tant, connoissoient tout le pouvoir de cet art divin !.... Toutes les Républiques n'ont-elles pas leurs airs favoris, que les citoyens n'entendent jamais sans tressaillir, et qu'ils se plaisent à chanter ensemble pour confondre leurs voix et leurs cœurs dans le sentiment de l'amour de la Patrie ? Une musique militaire double le courage et la force des soldats !.... Avec une marche comme celle-là, on gagneroit une bataille !....

(*Pendant ce monologue, la Tante va et vient, et prépare le déjeûner dans le fond du théâtre.*)

SCÈNE XVIII.

JEAN-JACQUES *écrivant*, MASSERON, ROUSSEAU père *en uniforme*, SAINT-LAURENT *et quatre autres Officiers*, LA TANTE.

ROUSSEAU père *aux Officiers.*

ENTREZ, mes amis ; nous vous attendions. (*à Masseron.*) Masseron, vous ne restez pas à déjeûner avec nous, n'est-ce pas ?

MASSERON.

Puisque vous le voulez absolument, je resterai.

ROUSSEAU *à la Tante, qui arrange la table dans le fond du théâtre.*

Allons, ma sœur, le déjeûner ?

LA TANTE.

Venez m'aider à porter la table.

ROUSSEAU.

J'y vais.

(*Jean-Jacques quitte la table où il écrivoit, et salue les Officiers.*)

SAINT-LAURENT.

Oh ça, Jean-Jacques, c'est ce soir que nous te verrons faire l'exercice, manœuvrer ?.... Tu te souviendras bien de mes leçons ! un jour de revue !

JEAN-JACQUES.

Oh ! je m'en souviendrois encore mieux un jour de combat.

MASSERON *à part.*

Revenir et rester à déjeûner avec eux, c'est le moyen de n'être pas soupçonné !....

(*Pendant ces derniers mots, Rousseau et la Tante ont apporté la table toute dressée. Il y a un déjeûner, une cafetière, un réchaud allumé, &c.*)

ROUSSEAU.

Ah ça, mes amis, sans cérémonie. Que chacun s'approche de la table, et prenne ce qui lui convient.

(*Les hommes entourent la table et déjeûnent debout. La Tante s'assied et fait mettre Jean-Jacques auprès d'elle : elle lui verse du café.*)

JEAN-JACQUES.

Ce pauvre Bernard qui n'arrive pas ?

LA TANTE.

Apparemment ses parens l'auront retenu.

ROUSSEAU.

Mes camarades, avec quel plaisir je vous réunis chez moi !

SAINT-LAURENT.

Nous y venons de même, mon commandant.

ROUSSEAU.

Ma nomination n'a pas plu à tout le monde. Je sais qu'elle m'a fait des ennemis.

MASSERON.

Ah ! point du tout, mon voisin, point du tout.

ROUSSEAU.

Mais s'il se présentoit quelque danger, si l'occasion s'offroit d'exposer sa vie pour notre liberté, vous me verriez alors justifier votre choix, et être une fois jaloux de mon grade, pour marcher à votre tête, et donner le premier mon sang à la Patrie.

SAINT-LAURENT.

Nous vous envierions tous ce bonheur-là.

JEAN-JACQUES.

S'il pouvoit s'élever un tyran, si quelqu'ambitieux tentoit de nous asservir, croyez-moi, mes amis, voici la main qui le puniroit. Savez-vous l'histoire de *Mutius Scævola?* Il voulut poignarder un tyran, et pour punir sa main de s'être trompée, il la brûla sur un brasier ardent. Je ferois comme lui; je brûlerois la mienne, si elle pouvoit balancer. Oui, je la brûlerois sous vos yeux !....

(*Il se lève avec vivacité, et porte sa main au-dessus du réchaud enflammé.*)

LA TANTE *retirant le réchaud avec effroi.*

Ah, Dieu! prends donc garde ! il y a du feu !....

JEAN-JACQUES.

Je le dis du fond du cœur. Je passerois au milieu des flammes, je m'y précipiterois avec plaisir, comme Décius dans le gouffre, si ma mort pouvoit être utile à la République.

SAINT-LAURENT.

Nous pensons tous de même ici.

Tous les OFFICIERS *ensemble et avec force.*

Oui, tous de même.

MASSERON *après les autres, et froidement.*

Certainement, nous pensons tous de même.

SAINT-LAURENT *tirant un journal de sa poche.*

A propos, j'ai là le journal: voulez-vous le parcourir?

JEAN-JACQUES *à part.*

Quel dommage que ma lettre soit perdue !

SAINT-LAURENT.

Il y a aujourd'hui une lettre de *Caton le Censeur.*

JEAN-JACQUES *vivement.*

Que dis-tu ? Cela ne se peut pas ?

SAINT-LAURENT.

Si fait, je t'assure. C'est une lettre *sur le pouvoir des femmes.*

JEAN-JACQUES *sautant de sa place.*

Est-il possible ? (*il arrache la feuille à Saint-Laurent.*) Oui, c'est cela !.... (*il embrasse Saint-Laurent.*) Que tu es aimable d'y avoir pensé ! que je te remercie !....

SAINT-LAURENT.

En vérité, il est un peu fou !

ROUSSEAU *à part.*

Vulson avoit raison. (*haut.*) Mon fils a un goût particulier pour ces lettres-là....

JEAN-JACQUES.

Mais mon père, vous m'avez dit tantôt vous-même que vous en étiez content.

ROUSSEAU.

Et cela t'a fait plaisir. Mais voyons, il faut juger celle-ci. Allons, fais-nous-en la lecture.

JEAN-JACQUES.

Volontiers, mon père. (*Il lit.*) « Le grand âge où je » suis parvenu, et la gravité de mon caractère ». (*Il s'interrompt.*) C'est Caton le Censeur qui parle.

ROUSSEAU.

Cela s'entend.

JEAN-JACQUES *reprend.*

« Et la gravité de mon caractère, me permettent de par» ler d'amour et de galanterie d'une manière très-désintéres-

» sée. Ainsi, mes aimables concitoyennes doivent me croire. » Je les avertirai donc, d'après ma longue expérience, et les » réflexions de toute ma vie, de ne pas se méprendre à un » vain éclat, de ne pas croire que les femmes règnent vé- » ritablement là où elles se montrent beaucoup et où » elles paroissent tout faire ».

MASSERON *se mouche avec bruit pour le plaisir d'interrompre.*

JEAN-JACQUES.

Paix donc. Comment voulez-vous qu'on entende? (*Il reprend la lecture.*) « Que dans les monarchies, ces pays de » luxe, d'intrigue et de corruption, les femmes pensent » donner le ton, parce qu'elles traînent à leur suite quel- » ques oisifs adorateurs, qui, dans le fond, se moquent » d'elles. Dans une République, plus elles vivront retirées, » plus elles seront respectées. Je leur promets des amans » passionnés, des époux fidèles, des enfans soumis. Elles » exerceront le véritable empire qui convient à leur sexe, » celui de la modestie et de la vertu ».

SAINT-LAURENT.

Il a raison.

ROUSSEAU.

Ah! tout-à-fait.

JEAN-JACQUES *à son père, d'un ton à demi-modeste.*

Trouvez-vous qu'il ait raison?

MASSERON.

Raison, si vous voulez.... Mais, ces belles leçons-là ne serviront pas de grand-chose!

JEAN-JACQUES.

Et pourquoi ne serviroient-elles pas? Ces principes sont-ils faux, mal exprimés? ou croyez-vous que nos concitoyennes ne soient pas en état de les entendre? J'en ai meilleure opinion, moi!

MASSERON.

Toutes ces lettres-là peuvent plaire à certaines personnes ; mais je ne voudrois pas les avoir faites.

SAINT-LAURENT.

Mon dieu ! n'ayez pas peur. Personne ne vous en soupçonnera.

MASSERON.

On peut bien dire ce qu'on pense, peut-être ?

JEAN-JACQUES.

Oui, quand on pense ; mais vous !....

ROUSSEAU.

Allons, Jean-Jacques, ne te fâche pas ; la lettre est fort bien : continue.

SAINT-LAURENT.

Mais voici Bernard.

JEAN-JACQUES.

Comme il a l'air effrayé !....

ROUSSEAU.

Effrayé !.... Pourquoi donc ?

MASSERON *à part.*

Bon ! Voilà sûrement ce que j'attendois ! Nous allons voir, nous allons voir.

SCÈNE XIX.

Les mêmes, BERNARD *accourant tout hors d'haleine.*

MORCEAU D'ENSEMBLE.

BERNARD.

Mon oncle ! mes amis !.... à peine je respire !

TOUS.

Ciel !.... qu'a-t-il donc ? à peine s'il respire.

BERNARD.

J'ai couru, je viens vous dire......

TOUS.

Qu'a-t-il donc ?.... Que veut-il dire ?

BERNARD *à Rousseau.*

On dit.... Je crains.... Vous êtes menacé !
Dans le Conseil on vous a dénoncé.....

ROUSSEAU.

Je suis sûr de mon innocence ;
La loi saura me protéger.
La loi protège l'innocence ;
Je ne redoute aucun danger.

JEAN-JACQUES.

Mon père, je prends ta défense,
Je brave avec toi le danger.

TOUS.

Mon ami, nous saurons vous défendre ;
Ne craignez rien, comptez sur nous.

MASSERON.

Comptez sur moi.

LES AUTRES.

Comptez sur nous.
Des méchans nous bravons le courroux.

SAINT-LAURENT *allant vers la porte.*

Voici Vulson qui vient à nous.

TOUS ENSEMBLE.

O ciel ! que vient-il nous apprendre ?
Ecoutons, écoutons tous.

SCENE XX.

Les mêmes, VULSON.

VULSON.

Mes amis, je suis bien aise de vous trouver tous rassemblés.

ROUSSEAU.

Pourquoi ? Apprenez-nous....

VULSON.

Je sors du Conseil ; on s'y est occupé très-sérieusemement

des lettres de *Caton le Censeur ;* elles ont été dénoncées par un de nos syndics, le cousin de Masseron.

MASSERON *toujours d'un ton hypocrite.*

Est-il possible ?

VULSON.

Après une assez longue discussion, le Conseil a voulu absolument en connoître l'auteur.

MASSERON *à Rousseau.*

Ah ! mon voisin, que je suis fâché ! Je suis sûr qu'en écrivant ces lettres, vous n'aviez pas de mauvaises intentions....

ROUSSEAU.

Comment ?...- Mais ce n'est pas moi.

JEAN-JACQUES.

Est-ce que l'auteur a quelque chose à craindre?

MASSERON.

Mais il y a apparence qu'il pourra bien être traité sévérement.

JEAN-JACQUES.

Eh bien ! qu'on ne le cherche pas plus long-tems. S'il y a du mal à avoir écrit ces lettres, c'est moi qui en suis l'auteur.

(*Tous les spectateurs, excepté Vulson et Rousseau, font un grand mouvement de surprise.*)

LA TANTE.

C'est toi !

MASSERON.

Vous !

TOUS LES AUTRES SPECTATEURS.

Lui !

JEAN-JACQUES.

Oui, c'est moi ; il y a de l'orgueil à se vanter de ses ouvrages : il y auroit de la lâcheté à les désavouer.

ROUSSEAU.

Bien, mon fils. Voilà mes espérances remplies. Jean-Jacques sera un homme.

JEAN-JACQUES *à Vulson.*

J'ai résisté tantôt à vos épreuves, à l'éloge, à la critique, au nom même de Sophie; mais quand la probité commande, au hasard de tout ce qui peut en arriver, il faut obéir.

VULSON.

J'étois sûr de tes sentimens. J'ai pensé comme toi. J'avois deviné ton secret, et je l'ai dit au Conseil. Je vous apporte sa décision.

JEAN-JACQUES.

Eh bien, qu'ordonne-t-on de moi?

VULSON.

Vous allez tous le savoir. Mes collègues, paroissez.

SCÈNE XXI.

Les mêmes, quatre Magistrats du Conseil de Genève, *dont l'un tient une couronne de chêne qu'il cache d'abord.*

VULSON *lit un papier qu'il tient à la main.*

« JEAN-JACQUES ROUSSEAU, le Conseil de Genève, après » avoir pris lecture de toutes les lettres que vous avez écrites » sous le nom de Caton le Censeur, sur différens objets d'utilité » publique, déclare que si elles étoient d'un homme fait, il y » donneroit une pleine et entière approbation. Mais que, » écrites par vous, à votre âge, elles lui paroissent mériter un tribut particulier d'admiration et d'encouragement ». (*Il dit ce qui suit sans le lire.*) C'est par l'ordre et au nom du Conseil que nous venons vous offrir cette couronne et vous embrasser en signe de satisfaction. Nous devons aussi remercier vos parens d'avoir donné un enfant comme vous à la République.

JEAN-JACQUES.

Oh! je ne puis vous répondre.... laissez-moi respirer....

ROUSSEAU *serrant la main de Vulson, qui lui remet la délibération du Conseil.*

Mon ami !....

LA TANTE.

Je pleure de joie.

BERNARD *sautant au col de Jean-Jacques.*

Mon cher Jean-Jacques ! (*avec une vanité d'enfant.*) C'est pourtant moi qui les ai copiées !....

JEAN-JACQUES.

Ah ! si Sophie étoit ici !....

ROUSSEAU.

Viens, Jean-Jacques, viens dans les bras de ton père !

JEAN-JACQUES *s'y précipitant.*

Ah ! voilà ma plus douce récompense !

LA TANTE.

Mon cher petit neveu !.... Comme il écrit de belles choses !.... comme il fera honneur à la famille !....

SAINT-LAURENT.

Mon écolier, permets que je t'embrasse aussi pour te féliciter.

JEAN-JACQUES.

De tout mon cœur, mon ami.

LA TANTE.

Eh bien ! voisin Masseron, vous qui vous plaignez si souvent de Jean-Jacques, qu'en pensez-vous, à présent ?

MASSERON.

Il est gentil !.... c'est sûr. (*à part.*) Mais tout le monde paroît s'attendrir ici.... (*Il tire son mouchoir et s'essuie les yeux.*)

JEAN-JACQUES.

Allons, voisin, faisons la paix. Voulez-vous que je vous embrasse aussi ?

MASSERON.

Certainement, cela me fera grand plaisir..... Je suis si pénétré !....

BERNARD.

Ah çà, voisin, ne faites donc pas semblant de pleurer; cela vous fait faire une grimace horrible.

VULSON.

Masseron, votre cousin le syndic a dit publiquement de qui il tenoit ces lettres, et qui l'avoit engagé à les dénoncer...

MASSERON *un peu confus.*

Est-ce qu'il auroit dit que c'est moi, par hasard? Nous allons voir.... Je m'en vais lui parler.... Adieu. (*Il sort.*)

JEAN-JACQUES *à Vulson.*

Mon ami, je tâcherai de mieux faire par la suite. Vous pouvez de ma part le promettre au Conseil. Ce jour m'agrandit et m'élève. Voici la fin de mon enfance; et dût un jour mon courage m'attirer des ennemis, des persécutions, je dirai la vérité aux hommes; je donnerai, s'il le faut, ma vie pour elle. *Vitam impendere vero*, c'est la devise que je choisis dès à présent; je la garderai toute ma vie, et je saurai m'en rendre digne!

BERNARD.

Allons, Jean-Jacques, mettre notre uniforme pour la revue, et ce soir nous nous amuserons à la fête.

VULSON.

Jean-Jacques en sera le héros. Mais voici vos voisins et vos amis qui viennent prendre part à votre joie: ils aiment tous Jean-Jacques, et viennent lui offrir un hommage qui doit lui plaire; car c'est celui du sentiment et de la fraternité.

CHŒUR.

Aimable enfant, qu'un tel présage
T'annonce ici de grands destins!
Qu'écrit par toi, plus d'un ouvrage,
Soit un bienfait pour les humains.
De tes amis, de tes voisins,
Avec plaisir reçois l'hommage,

Et que ton nom soit d'âge en âge
Chéri des vrais Républicains.

(Pendant le chœur, un grouppe d'hommes, de femmes et d'enfans offrent à Jean-Jacques des couronnes de fleurs et des bouquets. Un enfant élevé derrière lui le couronne, d'autres le caressent; ce qui forme tableau.)

COUPLETS.

BERNARD.

A Rousseau voulant rendre hommage,
Nous avons fait de notre mieux;
Mais comment l'offrir à vos yeux
Sans défigurer son image?
Il eût fallu plus de talent,
Pour le peindre dans un autre âge,
Et lui prêtant notre langage,
Nous l'avons choisi prudemment
Encore enfant.

ROUSSEAU père.

C'est lui dont la raison sublime,
De l'homme appercevant les droits,
Du vrai pouvoir, des sages loix
Montra la source légitime.
Pleins de ses écrits éloquens,
Qui font abhorrer l'esclavage,
Nous aurons, par notre courage,
Commencé des destins plus grands
Pour nos enfans.

LA TANTE.

C'est lui qui, montrant la culture
Que l'on doit à nos premiers ans,
A su ramener nos parens
Au doux instinct de la nature.
Pour prix des soins les plus touchans,
Les femmes, nourrices, et mères
Ont les caresses les plus chères,
Et les premiers embrassemens
De leurs enfans.

VULSON.

Il vouloit, changeant nos spectacles,
A la vertu les

Il vouloit y voir célébrer
De la Liberté les miracles.
Nous avons fait ces changemens ;
Nos théâtres, jadis frivoles,
Désormais seront des écoles
De mœurs et de bons sentimens
Pour nos enfans.

SAINT-LAURENT.

Bien loin de la route commune,
Il sut garder sa liberté,
Il n'aima que la vérité,
Et ne voulut point la fortune.
Dans ses écrits, génie ardent,
Des vertus soutien intrépide ;
Dans le monde, simple et timide,
Il n'y paroît qu'en rougissant
Comme un enfant.

JEAN-JACQUES.

Quand son talent, présent céleste,
Par une statue est payé,
Nos foibles mains ont essayé
De lui faire un buste modeste.
Déjà le Panthéon l'attend ;
Allez-y révérer sa cendre ;
Et puis, chez nous daignant descendre,
Vous viendrez, d'un œil indulgent,
Le voir enfant.

FIN.

www.ingramcontent.com/pod-product-compliance
Ingram Content Group UK Ltd.
Pitfield, Milton Keynes, MK11 3LW, UK
UKHW020445230726
13925UKWH00004B/1816